KB168601

나뭇잎 우산

황금알 시인선 168

나뭇잎 우산

초판발행일 | 2018년 3월 31일

지은이 | 장하지
펴낸곳 | 도서출판 황금알
펴낸이 | 金永馥
선정위원 | 김영승 · 마종기 · 유안진 · 이수익
주간 | 김영탁
편집실장 | 조경숙
표지디자인 | 칼라박스
주소 | 03088 서울시 종로구 이화장2길 29-3, 104호(동숭동)
물류센타(직송 · 반품) | 0426 서울 중구 퇴계로36가길 82-13(필동2가)
전화 | 02)2275-9171
팩스 | 02)2275-9172
이메일 | tibet21@hanmail.net
홈페이지 | http://goldegg21.com
출판등록 | 2003년 03월 26일(제300-2003-230호)

값은 뒤표지에 있습니다.

ISBN 979-11-86547-95-3-03810

*이 도서의 국립중앙도서관 출판예정도서목록(CIP)은 서지정보유통지원시스템 홈페이지(http://seoji.nl.go.kr)와 국가자료공동목록시스템(http://www.nl.go.kr/kolisnet)에서 이용하실 수 있습니다.(CIP제어번호: CIP2018008744)

나뭇잎 우산

장하지 시집

황금알

| 시인의 말 |

나는 입지전적인 남자를 사랑하였다. 아버지가 한국전쟁의 아수라에 비명횡사한 후 이십여 년을 울며 가슴을 치던 어머니를, 이 세상에서 가장 불쌍한 사람으로 공경하던 남편.

진초록 남방셔츠 한 벌로 여름을 나던 그의 남루를, 그 안에 자리 잡은 자존과 인내를 사랑하였다.

어느덧 결혼 50주년을 맞았다.

희로애락의 세월 반세기, 희망을 버리고 싶은 날도 있었다.

그때마다 무심한 공기를 가르며 나의 등을 어루만져 주는 바람의 손이 속삭여 주었다.

"모진 시간은 잠깐이니 지혜롭게 살자"

"문학이란 인생의 재발견"이라 일러주신 스승의 이끄심으로 시를 만났고, 시는 이제 내 마음의 정원으로 자리 잡았다. 무성한 잡초를 뽑으려다가 흙을 뚫고 나오는 새순을 발견하는 일, 비우고 채워줌에 순응하는 정원을 가꾸듯이 마음을 정돈하며 일상 속의 무수한 존재의 의미를 찾아 노래하고 싶다.

2018년 입춘을 바라보며
장하지

차 례

1부 고마운 아침

2부 아버지의 아지랑이

3부 새들은 알고 있다

4부 대한민국 나의 조국

1부

고마운 아침

숭어

고개도 넘지 않고 흙 자갈 길도 없이
시멘트 환한 터널을 지나서
보배의 섬 진도에 갔다
때마침 해안은 조금, 한사리
살 오른 숭어 떼가 뛰어오른다는
녹진의 다리 아래 짐을 풀었다
그물망은 물론, 미끼도 없이
뜰채로 건져 올린 숭어 몇 마리
밥상 위에 차려놓고 건배를 했다
승전을 자축하는 우수영의 병사처럼
북을 두드리며 술잔을 부딪쳤다
지나온 길목마다 던져 보았던
그물에 대하여
달콤한 미끼에 대하여
기회와 함정의 울돌목에서
낚아챈 행운을 말하며 열을 올리면서도
잠영하여 멀리 떠나간 눈 밝은
숭어에 대하여는 입을 열지 못했다

"강강수월래", "강강수월래"
발맞추는 합창 소리가 아득하였다

토마토의 집

모종 컵에 담길 때부터 알았어야 했어
때가 되면 떠나야 한다는 것을
넝쿨박이 몽실몽실 익어가는 초가지붕의
볕 잘 드는 텃밭을 꿈꾸었기에
낯선 곳에 뿌리내려야 한다는 사실이
대수롭게 여겨지진 않았어
언니들이 말했어, 어느 곳에 가든지
그곳이 너의 집이야
잘 살아야 해!

군자란, 천리향, 게발선인장이
그 빛깔이 진하여 슬프도록 화려한 영산홍이
군림하는 황홀한 베란다였어
가지풀인가? 웬 불청객
작고 초라한 모습을 알아차린 나는
숨 막히는 현기증을 견디어야 했어
모종 컵을 던져버리고 청맹과니가 되기로 했어
두툼한 창유리 사이로 굴절된 햇빛을 보내주는
그의 눈빛과 마주칠 때마다 소리쳤어

난 가지풀이 아니에요, 토마토예요
떡잎을 뭉개버리고
털복숭이 잔가시를 돋우며 오직
나만의 향기로 살아야 했어
아픈 매듭마다 축포처럼 노란 꽃들이 터져 나오고
실한 뼈를 뚫고 주렁주렁 희망을 매단
어린 나의 토마토, 초록 열매들
푸른 방마다 금빛 날개들 반짝이고 있어

막膜을 걷어내다

참깨를 볶으려다가
오랜 내 안의 막을 먼저 걷어내었다

몇 해 전 화해의 손짓인양 그녀가
말없이 보내왔던 참깨
멀어졌던 우리 사이처럼 던져두었던 것을
오늘에야 찾아내어 열어 보았다
맨살의 틈을 비집고 생겨난 애벌레들
내 안의 불신의 벽처럼 군데군데
엷은 막을 두르고 뭉쳐있었다

언젠가는 고운 흙에 뿌리를 내려
곧은 줄기에 잎을 띄워서 바람에 살랑대며
몽글몽글 피어나는 하얀 꽃이기를
작은 씨앗 하나 희망하며
만났던 우리 사이처럼
불신과 배반의 막을 걷어내면
꽃 진 매듭마다 자리 잡는 믿음이 될 수 있을까
비닐 속 참깨의 막을 걷어내었다

고마운 아침

턱이 있는 건널목도 아니고
패인 곳도 걸림돌도 없는
평평한 보도에서
얼굴과 무릎에 상처를 입었다

지나온 수많은 날들
어느 순간 넘어졌다가
보이지 않는 상처 입었다가
다시 일어서는 일
한두 번이었는가

"일어나실 수 있겠습니까?"
"병원에 가셔야겠어요."
걱정하는 행인들의 사랑하는
마음이 있어 고마운 아침

얼굴로 땅을 디딜 수는 없어서
발을 세워 일어서야 하는 순간이
참으로 긴
그래도 고마운 아침이었다

마음을 가다듬고

하루가 나태하고 우울한 날은
서울 지하철 9호선 8번 출구
동작동 국립묘지 현충원을 찾아볼 일이다

국가 유공자 묘역을 지나
무후선열 제단* 앞에
싸들고 간 김밥이라도
무릎 꿇어 진설할 일이다

나 어찌어찌하여
이 땅 이 골짜기에서
푸른 하늘 아래 맑은 물 마시며
살고 있는지 그곳에 가보면 안다

앙상한 나무에서 꽃이 피어나고
그 꽃잎 떨어져도 줄기는 남아
세상을 생기 돌게 하는 일
어디 예사로운 일인가

모두가 푸르러서 나 홀로 슬픈 날은
흐트러진 마음 가다듬고
한목숨 아끼지 않은 그분들의
태극기 한 번 안아 볼 일이다

* 무후선열제단: 나라를 위해 싸우다 죽은 돌봐줄 후손이 없는 열사를 모신 곳

밟고 지나가세요

살랑대던 푸른 잎들은 어디로 갔나

어느새 낙엽들 발부리에 엎드리며
나를 붙잡는다
작은 순筍이었던
철마다 산뜻하게 옷을 갈아입던
비바람 햇살 걸러내는
우람한 그늘이었던
시간들 내려놓으며
"밟고 지나가세요" 속삭인다

색색이 아름다운 세월이었구나

뛰놀던 그 마당

슈퍼마켓 진열대에는
대가리와 발이 잘린 어린 닭들이
인삼 약재에 곁들여 포장되어있었다

햇빛으로 버무린 흙을 밟으며
뛰놀던 그 마당은 어디로 갔을까
기왕이면 닭의 머리가 되라는 말 아직 선한데
현란한 불빛 아래 밤을 잊은 채
황금알을 낳겠다고 아우성치더니
왕좌에 오르듯이 홰에 날아올라
벼슬 휘날리며 창공을 향하여
새벽 울음 한 번 울어보지 못하고
겨우 날개 접어 진열장에 놓여 있는가

삼복더위 꽃샘추위 이겨내고
기운 돋우자고
불을 지펴 삼계탕을 끓이고 있었다

솟아나게 하소서

그래요, 나는 물입니다
모양도 색깔도 맛도 없이 흔들리는
넘치면 버려지는 그런 물입니다
아침 햇살 온몸에 받으며
갓 피어난 꽃잎에 무지개를 뿌리고도
알알이 허공에 흩어져버리는 이름 없는 물

큰 물기 따라 휩쓸려 치솟을 때는
불을 품은 폭포처럼 풍성한 골짜기에
몸을 던져 언덕을 끌어안고 흘러서
흙탕물이 되기도 합니다

하늘과 땅의 문을 여시어
물방울을 지어내신 이여
세상 여행 끝나는 날엔 큰 바위 밑
거친 자갈밭 낮은 곳에서 몸을 씻는
퍼내어도 퍼내어도 다시 고이는
그런 물로 솟아나게 하소서

계단을 오르며

고장이니 계단을 이용하라는
엘리베이터 앞에서 수리공에게 물었다
전망대는 몇 층인가요, 걸어서 올라갈 수 있나요?
알려주면 안 올라가던데요?
오르든지 말든지 알아서들 하라는 대답이었다

우리는 어머니처럼 말없이 엎드려 있는
비상구의 층계를 밟았다
상아탑을 이루겠다며 태평양을 건너간 오빠를
생전에 다시 보지 못 할 곳이었다면
결코 보내지 않았으리라 하던 어머니

꽃이 피고 이파리 삭은 지 수십 년
동이 트고 날이 저문 지 몇 해였을까
비단 치마 한 벌 둘러주지 못한
싸늘한 어머니의 허리를 감싸듯
계단을 오르며 마르지 않는 눈물을 생각하였다

한 폭의 성화처럼

불타는 사루비아 정원을 지나서
말문을 닫은 지아비가
몸을 부리고 있다는 병실을 찾아
그녀를 만나러 갔었다

"먹어야 산다지만 비워내야 살아"

몸을 맡긴 채 아이처럼 순한 눈을
껌벅이며 옆으로 드러누운 지아비와
고무장갑을 낀 팔뚝을 항문에 넣어
황금인 듯 소중하게 딱딱한 변을
끄집어내어 차곡차곡 쌓아 올리던
그녀의 단호한 모습이
한 폭의 성화처럼 다가오던 오후

창밖의 태양은 찬란하고
하늘은 한층 높고 푸르렀다

만나러 가는 길

장례식장으로 가는 안양천 둑길에
때 이른 벚꽃들이 활짝 피었네

후회 없이 피었다가
어젠가는 떨어져 내리는
그 꽃길을 지나
다시는 볼 수 없는 사람 만나러 가는 길

움츠렸던 날들은 언제였던가
잎을 버려야 했던 겨울나무들
온몸에 불을 댕겨 꽃봉오리 터뜨리며
하늘길을 열고 있네

기름진 흙이 되고
다독이는 바람이 되어
만발한 꽃무리 가슴에 담아
진정 보내지 못할 그 사람 보내러 가는 길

진달래 개나리, 가시 돋은 명자꽃
만장처럼 거느리고 하늘길 가네

희망의 땅으로

터키의 한 해변에서
시리아의 난민인 어린 아일린 크루디의
시신이 발견되었다는 뉴스를 들으며
짠한 마음으로 집을 나서는 슬픈 아침이었다

밤에 내린 비 때문에
땅 위로 올라온 것일까
시멘트 바닥에 쓸려와 오도가도 못하는
새끼 지렁이 한 마리 쓰러져 있다

바람이 잘 통하는 폭신폭신한 흙
너의 집이 있는 땅으로 돌아가거라
나뭇잎에 얹어서 화단에 놓아주었다
그러나 세 살짜리 아이린 크루디는 살아날 길이 없단다

우리 다시 태어난다면

다시 태어난다면 나무로 태어날래
돌아서지 않고 한자리에 서서
바람을 날라다 주며 푸르게
푸르게 그늘 내려 품어주는 나무
묵묵히 바라만 보는 나무로 태어날래

아니야, 그래도 사람으로 태어나자
우리 다시 태어나서 사람으로 만나자
너를 만나 나무를 심고
나는 네 안에, 너는 내 안에
서로를 가꾸는 거름이 되자

어떤 반란

도심 곳곳에 괴질 같은 맨홀이 생겨나고
사람과 자동차들 발을 헛디뎠다는
소식을 전해 듣던 날 아침
꽃대 올리려는 군자란에 물을 주려다가
맨홀도 없는 맨바닥에 주저앉고 말았다

백두대간처럼 몸을 버티게 하는
중심의 축이 척추에 있다고 믿어 온
세월을 여지없이 무너뜨렸다
네 몸속의 작은 동굴부터 살피라는
달팽이관의 반란이었다

점액질을 소진한 귓속의
아주 작은 칼슘 덩어리 하나가
길을 찾아 헤매면서 달팽이관을 휘저어
나의 백두대간을 흔들어 놓았다
보이지 않는 점 하나의 소중함이여

평생을 배워야 할 일

요즘 첫 손녀를 얻은 그녀는
자주 갓난이 자랑을 늘어놓는다
"방귀를 통통 잘도 뀌어요
오만상을 찌푸리며 이바지를 한다니까요"

일용할 양식이 뱃속을 거쳐
밖으로 나오는 배변을 보면
보이지 않는 내장의 상태를 알 수 있다는데
삼켜서는 안 될 것 집어 먹어서
탈이 나는 사람들 얼마나 많은가
먹고 자고 먹고 자는 갓난이가
거침없이 방귀 뀌고 똥 누는 일
참 대단한 일이다

평생을 배워도 부족함이 없는 일
먹을 만큼 먹고
곱게 내어놓는 일
그래, 그 아이에게서 배울 일이다

외출 중이었다

전혀 감지하지 못하였다
점령군처럼 방충망을
점거한 그들
등 푸른 날개의 싱싱한 왕파리 떼를

집안을 배회하는 파리 한 마리
나는 그 원인으로
다용도실의 쓰레기통을 지목하였다
살충제를 방사하고 돌아서려는데
소통과 방어를 위한 방충망에
침입의 기회를 노리고 있는
무리 지어 당당한 그들의 눈과 마주쳤다

저녁상에 올리려고
미리 내놓은 냉동갈치 몇 토막
그 비릿한 부패의 향내를 향하여
얼마나 먼 길을 떼 지어 달려온 것일까
빌미를 제공하고도
내 집안은 안전지대라 여긴
나는 외출중이었다

버리지 못하고

눈 딱 감고 버리려 했다
한때는 나에게
날개를 달아 주었던 너

그때나 지금이나 그대로인데
취향이 바뀌고 유행도 지났다고
여러 해 장롱 속에 가두어두었던
아직은 수려한 꽃무늬 원피스
아까워 버리지 못하고
종일 망설였다

남의 눈을 의식하면서
눌러 두었던 일들
장롱 속의 구겨진 옷뿐이었을까
여유분을 찾아내어 품을 넓혔다
구겨진 추억의 조각들을 다림질하여
환한 창가에 걸어두었다

주인공이 될래요

남산 예술원 야외 결혼식장에 갔다
감꽃이 떨어지고 아카시아 향기 터지는
초여름이었다
평상복 같은 연분홍 드레스를 입은
신부의 손을 잡고 신랑이
성큼성큼 무대 위로 올라갔다
사회자도 신랑이었다
"오늘은 저희 두 사람이 주인공입니다
허락해 주신 부모님, 감사합니다"
무르익은 신록이 터지듯 잔치는 시작되었다

나는 너를 만나 우리가 되고
우리는 생을 어떻게 디자인하며 살아왔던가
젊음은 푸르러 가고 타는 노을이 붉었다

2부

아버지의 아지랑이

그해 봄

창밖엔 벚꽃, 살구꽃들이 다투어 피어나고 있었다
내 동생 찬연이 얼굴에도 붉은 열꽃이 피고
우리들은 외딴 방에 갇히었다
비바람이 몇 차례 뒹굴다 가고
꽃잎이 송이 눈처럼 흩날리던 날
우리도 우는 시늉을 했다
엄니처럼 울어야 해

어둑어둑한 저녁 참이었다
찬연아! 찬연아! 찬연아! 아
검은 옷을 입은 삼촌이 들어와
색동저고리 다홍치마의 예쁜 동생을
엄니 품에서 빼앗아 어둠 속으로 사라졌다
엄니는 자꾸 울고 동생은 영영 돌아오지 않았다
그해, 봄
우리는 탐스럽게 익은 살구를 바라볼 뿐이었다

구계등 아지랑이

방풍림을 뚫고
찔레 덤불 지나서 크고 작은
갯돌들 널린 바닷가 구계등에서
가족사진을 찍었다

아버지의 늦은 저녁상에 오른
술잔에서 모락모락 피어나던 우리
봄이면 소풍 가자 이끄시는 아버지의 손을 잡고
비탈진 몽돌 계단에서 유희하며 노래 부르던
우리는 아버지의 아지랑이들이었어

날마다 쾌청하여라
차르르, 차르르
괜찮다, 괜찮아
흠뻑 젖은 몸으로 아버지는
달아나는 아지랑이들 바라보고 있었지

은행나무 한 그루가 타고 있네요

우리 동네 버스 정류장에
가로수로 자란 은행나무 몇 그루가 있는데요,
간이음식점이 있던 자리에 카센터가 들어서고는
그중 한 그루 은행나무가
여름부터 헉헉대며 타들어 가네요

전쟁 때 나를 업고 피난 가던 큰언니
온몸에 황달 퍼져 세상 떠난 지아비 그리며
바람막이로 삼 남매 지켜내던 언니
자동차의 속병 고쳐주며 흘리는 매연
멀리 퍼지지 않게 온몸으로 막아서는
카센터 앞 저 은행나무는
쓸개즙보다 더 쓴 세상 살아온 언니처럼
그저 창공을 바라보며 타고 있네요

어깨를 들먹이는 강

겨울 강가에 나가보면
긴 밤을 어깨 들먹이며 울음을 참아 온
강물의 속내를 알 것만 같다
여덟 살에 엄마 잃고
사포나루 건너 시집 간 고모님
아편 앓는 지아비 닦달하던 목소리가 들린다

'이리 오너라'
산봉우리 작은 웅덩이에서
큰바위 언덕 아래서 서툰 걸음 익히며
하늘길 떠난 엄마 따라나서듯 길을 나서면
모여든 물줄기들 부대끼며 함께하는 세상

거스르지 말고 어서 가거라
내 설움 네 설움 풀어놓지 않아도
안다, 다 알아
패인 곳 어루만지며 다독이는 강
겨울 강에 나가보면
멈추지 못하는 그 속내를 알 것만 같다

엄마의 생일

올케가 부럽다
백 세 가까운 친정어머니의 생신에
자식들 모여 밥 먹고 사진도 찍는단다

딸들은 장손 며느리로 보내지 않겠다던 어머니는
그래도 내게 시어머니가
계신 것을 대견해 하셨다
"사돈 잘 계시냐?"
"어른에게 잘해드려라 나는 괜찮다"

동네잔치 벌여
시어머니 생일상 마련하면서도
엄마의 생일을 모르고 살았다
아버지가 계시니까
아들이 넷이나 있는데
생일상 한번 받아보지 못하고
저승으로 먼저 가신 나의 어머니

올케는 좋겠다

아들, 딸들 서로 어머니 모시려고
다툰다는 올케는 좋겠다

그 물건을 어디 놨더라, 네가 누구냐
지난날을 좀 잊어버리면 어때, 살다 보면
외면하고 싶은 일, 털어버리고 싶은 일 있지 않던가
훨훨 떠나고 싶은 날 있지 않았던가

올케가 부럽다
어머니의 생일도 모르고 살아온
나는 네가 부럽다

비상계단으로 남아

기다리고 있었다
날마다 쌓이는 티끌을 쓸어내고
얼룩진 눈물을 닦으며

촌음을 아껴야지
끝없는 상승과 하강의 반복으로
구름을 뚫고 펼쳐낸 찬란한 세상을
꿈꾸었던 절정의 시절
버튼 하나로 무엇이든 실어 나르는
믿음직한 엘리베이터를 바라보며
을씨년스럽게 엎드려 기다리고 있었다

예고 없이 찾아온 안전점검의 날
날카로운 내 삶의 간격은 탈 없이 안전한가?
맞물려 돌아가는 톱니바퀴의 시간들
점검해 보라는 듯 멈춰선 마술 상자 앞에서
아득한 그리움으로 출렁이는 비상계단

땀 흘리며 오르내리던 그 언덕이야!

무릎 구부려 걸어온
생의 어디쯤에서 날아오를 것인가
반등의 골짜기로 남아있었다

오래 남는 법

귀농한 사촌으로부터
택배가 왔어요
호박오가리와 엿기름가루
절인 깻잎과 매실장아찌 햇고추장까지

애호박을 저며 가을볕에
내다 말린 호박오가리처럼
순 돋운 보리씨 달콤해지는 엿기름같이
발효 중인 고추장, 아작아작 청매실까지

그들이 가르쳐 주네요
물욕을 버리고 가벼워지는 일
기다리며 생각을 바꾸어
오래오래 남는 법을

띠를 깁는다

— 돌맞이하는 예안에게

네가 내게 온다기에
서둘러 띠를 깁는다
네 어미와 나를 이어주었던
탯줄 같은 띠를

너를 등에 업고 동구 밖으로 나가면
네 가슴의 온기로 나의 등은 따습고
너는 나의 등에 기대어
하 넓은 세상을 바라보면서
꿈을 꾸어도 좋으리

네가 내게 온다는 반가운 소식에
우리 손을 모아 주님께로 가는
하얀 길을 내듯이
나의 등에 너를 받쳐줄 띠를 깁는다

장황남 정보통신 박물관

오라버니는 안테나를 달겠다며 살구나무를 타고
지붕에 올랐었다
댓돌에 떨어져 몸 상할까 조바심하던 어머니는
'하느님이 돌보시나 보다' 차라리 감동하셨다
알루미늄 도시락 귀퉁이를 뚫어 광석 라디오로
수재 전축을 만들겠다고
다락방을 어지럽히던 열세 살적 오라버니

'이루고 돌아오리라'
가슴 깊이 새긴 나침판 하나 지니고
미지의 나라 미국으로 떠났던
내과의사이며 화가인 그가
그날의 설레던 다짐을 잊지 않고
사십여 년 동안 애지중지 모아온 수천 개의
라디오 기기들을 고국에 바쳤다

에디슨이 발명한 원통형 축음기
마르코니의 라디오를
사무엘 모올스의 무선기기까지

무선통신 170년의 역사를 정리하여
조선대학교 초기 건축물과 함께
대한민국의 등록 문화재 589호로 등재하기까지
벅찬 가슴으로 밤을 설치던 나의 오라버니

그가 가는 자리마다 남아 있는 그림자
좀 더 빠르고 정확하게 그리고 아름답게
희망으로 퍼져나가는 소리들이
수만 가지로 울리는 빛의 향기들이
내 가슴의 드럼을 두드리고 있다

보물찾기

보물은 작다
숨어 있다
반짝반짝 빛난다

첫걸음을 뗀 아이가
들판 같은 할머니 집에 와서
보물찾기를 한다
만져보고 밀어보고 굴려보고
거실과 부엌을 접수하더니
반쯤 열린 안방을 기웃거리는
아이의 두 눈이 반짝반짝 빛난다

위험이 도사린 동굴 같은 집안에서
보물찾기에 분주한 아이는
제가 보물인 줄을 모른다

고구마

산자락을 개간하여
첫 고구마를 거둬들이던 날
밭둑의 넝쿨을 걷어내고
누렁소 앞세워 아버지가 쟁기를 잡아끌면
그 뒤를 따라가며
크고 작은 고구마를 밭고랑에 모았다

땅거미가 내려서야
달구지에 가득 싣고
개선병사처럼 우리는 동네로 돌아왔다
다락의 천정까지 채웠던 고구마를
이집 저집 한 바구니씩 건네주고
풍금 잘 치는 유치원 보모 엄마와
단둘이 피난 온 은하 언니 집에 가져가면
그 언니가 좋아하는 모습이 마냥 기뻤다

'언니 고구마 캐요'
엊그제 사촌이 전화하더니
현관에 배달된 고구마가
나의 가을을 덮고도 남겠다

가족

언 강이 풀렸다기에 강가로 나가보았습니다
지난겨울 잘라 낸 가로수 상처에서
새순 터져 나오는 소리
벗은 나무 가족들 내려와 물구나무서는 강가
고수부지 공원에는 가지치기 한창입니다

첫걸음을 멈출 수 없는 돌맞이 아이처럼
나란히 줄지어 선 회양목 작은 잎들
서로서로 키 맞추라 다듬어 주고
늘어선 향나무 울타리 바르게 서라
채찍질합니다

먼 숲 창공을 향하여 뻗어나는 적송은
설기떡 같은 잔설 들여앉혀
우지직 우지직 제 뼈 추스리어
가지치기했다는 소문 들었습니다

아직은 수확을 장담하기 이른 시절
들바람 쏘이면 근심걱정 사라진다며

밭두렁 일구시던 어머니의 손길
가족들 품고 가는 길마다 따라오네요

칠거지악에 울고 삼불거에 웃던
조선 여인의 피가 흘러서
귀머거리 삼 년, 벙어리 삼 년
참아낸 어머니의 본을 받아서
사람다운 사람으로 뿌리내려라
당부하기 한창입니다

그리운 독재자

기둥주柱에 하늘천天 나의 아버지
암담한 그 시절 평양의전을 졸업한 의사
장 · 주 · 천 ·
그분을 내 마음 깊이 독재자라 새긴다

굶주림에 죽고 병들어 죽을 때
독립군과 내통하여 나라를 찾으려던 청년
고향에 내려와 허물어진 산천 다듬고
보릿고개 이겨내자, 질병을 몰아내자
작업복 주머니에 절단 가위를 질러 꽂고
야산을 개간하고 숲을 가꾸던 아버지
새벽 기침으로 십일 남매의 마음에 불을 켜
호야 등불이 저녁을 정돈할 무렵
그가 돌아오는 발소리로 우리들의 숲은 깊어갔다

내 생의 작은 배가 먼 항해에 흔들릴 때마다
넘어질 수 없는 이정표로 홀연히 서서
펄럭이는 깃발을 꽂을
든든한 푯대처럼 나를 일으키는 아버지
그리운 독재자, 나의 아버지

아름다운 풍경화

볕 바른 툇마루에 앉아
어머니의 발톱을 다듬어주는
남편의 모습이 아름다웠다

'첫걸음을 떼었어요'
뇌성마비 일곱 살 지호를 키우는
올케의 밝은 웃음소리가 떠나지 않는다

무엇이 사람을
저리 아름답게 하는가!
무엇이 사람을
꽃으로 피어나게 하는가
아름다운 사람의 모습들이
행복을 일러주던 날들

사람이 고향

해남 남창과 달도를 잇는
연륙교를 건너
고향 완도에 다녀왔다
산길 따라 실 같은 물줄기 모아
옹달샘 만들어 주던 아버지의 땅
키 높은 잡풀과 벌레들이 지키는
부모님의 묘소에 머리 숙여 참회한 지 얼마만인가
살아온 날들 어디쯤
애써 새겨 둘 곳만 남겨두었을까
'경치 좋은 곳의 끝'이라 일러주는
표지판 주위를 둘러보면서
그래, 사람이 고향이었구나
'사진 찍기 좋은 곳'이 아니라도
그 산과 그 바다 물결 잊지 못하리
만날 길 없는 사람들 가슴에 묻고
사진 몇 장 새기고 돌아왔다

뜨겁게 만난 우리

기름을 두른 냄비에 불을 지피고
당근과 토마토를 익히기로 했다
잠잠하던 냄비 속이 티격태격하였다

삶의 열기 속으로 뛰어들어
뜨겁게 만난 우리가 그랬을까
농익어가는 당근과 토마토처럼
밀고 당기다가 상처에 스며들어
서로서로를 받아들였을까
새로운 이름을 얻기까지
물과 기름 같았던 우리도 그렇게

용산역 대합실에서

용산역 오후 3시
오늘도 눈이 내리고 있습니다
플랫폼을 걸어 나오던 그의 어깨 위로
희끗희끗 날리던 반세기 전 그날처럼

떠나고 돌아오는 시각을 알리는
체스게임의 미로 같은 역사 전광판 앞에서
우리가 그리던 청춘을 싣고 갈
열차를 바라보며
온 누리를 누비고 폭풍 속을 걸어오는
그를 나는 기다렸습니다

어둠이 내려도 헤어질 줄 모르던
우리의 지나온 길을 덮으며
함박눈은 펄펄 내려 쌓이고 있습니다
그날의 미래였던 오늘 위에
하얗게, 하얗게 길을 내고 있습니다

짝눈으로 산다

어른거리는 날파리가 성가시더니
의사는 망막검사를 하자고 했다

검은 보자기 속의 네모난 창을 보는 일이었다
왼쪽 눈으로 보이지 않던
창틀 위의 작은 공이
오른쪽 눈에는 선명하게 보였다
같은 곳을 보면서도
서로 다르게 알고 있는 나의 두 눈

서로 다른 두 눈이 타협하고 있었을까
짝눈으로 탈 없이 살아온 날들
확연히 사물을 알아보는 일들
어두운 눈이 보지 못하는 세상을
밝은 눈이 탓하지 않고 이끌어 가는
우리 함께한 날들 또한 그와 같았을까

눈앞에 어른거리는 날파리들은
그만 눈 감아 주기로 했다

아직도 마음은 뜨겁다

비무장지대에서 순찰하던 우리 병사가
목함지뢰에 부상당하다니
삼엄해진 전방부대의 긴급 상황에서
병영을 지키겠다며 전역을 미루는
젊은이들을 보는 우리의 마음도
장롱에서 예비군복을 꺼낸다는
국민들의 열기도 뜨거웠다

초등학교에 입학하자마자
못 줄잡기에 동원되었다가 집으로 돌아오는 길
폭격기가 지나간 하늘이 무섭게 적막하더니
전쟁과 아버지의 죽음으로
야박하고 무서운 세상을 일찍 알아버린 소년이었다

누구를 위한 무엇을 위한 이념이었을까
인천 상륙작전 중 후퇴하던 북한군에게
끌려가다가 피살된 시아버님
나이 삼십이 가까워서야 구덩이에 묻힌
아버지의 뼈를 수습하여 이장해 드렸다는

남편의 기억은 아직도 그 여름처럼 뜨거웠다

나도 나가 부상병을 돌보겠다는 그는
마치 아버지를 구하러 가는 사람처럼 단호했다

연리지를 찾아서

진정한 누군가의 형상일 거야
몰아치는 바람을 막아주고
넘어지려는 서로를 지탱하며 살았다는
둘이 하나가 된 나무 앞에서
선뜻 걸음을 옮기지 못하였네

잔정은 끊어라, 사랑은 영원하지 않아
너는 의젓한 재목이 될 수 있어
그저 창공으로만 뻗어라
누구보다 먼저 더 높은 곳으로 올라서야 해
귀담아듣지 않고 그 숲에 뿌리내린 나무

오래오래 참아내며
서로에게 면류관을 씌워주는 사랑
우리 항상 곁에 있어 행복하였노라
아쉬울 것 없이 이루었노라
몸으로 깨닫게 하는 나무
연리지 앞을 그냥 지나치지 못하였네

3부

새들은 알고 있다

가을 초입

창가에 와서 쨍쨍 울어 쌓던
매미가 어느 날
그 울음 뚝 그치더니
초록 이파리 뒤에
숨어 있던 대추알들
상기된 낯으로 도드라져 나오고
안개구름 지나간 자리
먼 곳을 바라보면
가슴을 채워주는 하늘이 깊어라

군자란

가슴 아파라
군자란 꽃대 올리는
봄은
가슴 아파라

어미의 품은 잊어주마
냉혹한 외설도 참아주마
홀로 비밀하게 알을 품은 탓으로
속은 온통 바람뿐이나
포기진 잎 너의 몸은 정연하구나

오직 한 길
튼실한 꽃대 올려
생살을 찢고 터져 나오는 횃불
네 온기에 세상이 다 환하다

겨울 햇살

여리고 어리석어서
눈여겨 주지 않아도
깊이깊이 스며들겠다

긴 밤을 지키다가
그 밤이 지나면 꽁꽁 언
너의 길을 녹여 주리라

찬바람 맞으며
아침을 기다리겠다
창을 가린 성에꽃 스러지도록

한 마리 또 날아온다

잎 진 나뭇가지에
새 한 마리 날아와
재잘거린다
또 한 마리 날아오고 또 날아온다
푸른 싹이 돋아날 거야
봄이 곧 올 거야
서로 어우르며 하늘을 보면
새 한 마리 날아오고 또 날아온다

나뭇잎 우산

놀이터에서 비를 만난 아이가
제 손바닥만 한
나뭇잎을 들고 젖어서 왔다
'버리지 말아요
나와 함께 젖은 우산이에요'

비 사이로 가자며 우산도 없이
흠뻑 젖어서 비탈길을 오르던 우리
'너를 위해 살겠어'
빗물에 젖은 만큼 내 안에 출렁이던 너
푸르른 그날에 젖어보는 하루

천리향

그 향기로
벽을 뚫어 길을 내려는 양
긴 겨울을 견디었다

그날을 위한 오랜 기다림이었던가
우수 경칩 지나도록 입 다물더니
혼줄 펼쳐 내보이듯이
멍울진 꽃봉오리들
깊은 속 그 향내 쏟아내며
닫힌 눈을 뜨는구나
얽힌 매듭을 풀어
하얀 가슴 열어젖히는구나

천 리 밖 떠난
그 사람
돌아서도록

꽃과 호수

호수공원 꽃박람회에 갔더니
꽃과 사람들 출렁이더라

호수는 부지런히 햇살을 담았다가
밤마다 물레를 돌리는 어머니처럼
색실을 뽑아 구름에게
띄워 보낸다는 걸 몰랐었다
무지개를 품은 구름이
세상의 풀뿌리들에게
오색실 같은 안개를 뽑어 준다는 것을
꽃은 때가 되면
피어나는 것이라 여겼었다

언제 또 볼 수 있을까
사람 무리에 섞여 꽃 잔치에 갔더니
모두들 꽃과 어울려 물결치는데
잔잔한 호수는 말이 없었다

새들은 알고 있다

나무 소독하는 날이니
베란다 창문을 닫으라는
방송을 들으며 집을 나섰다

현관을 나설 때마다
길잡이처럼 나타나던
비둘기들은 한 마리도 보이지 않고
노랑 병아리 가방을 멘 아이들만
할머니 손잡고 어린이집 가고 있는데
꽃잎 떨어진 벚나무 그늘에 오늘따라
유난히 짹짹거리는 참새들 수상하다

어린 시절, 비행기 공습이 있을 것이니
다들 피하라는 다급한 사이렌 소리
들리는 듯
비둘기들도 알아들었을까
참새도 알아듣고 피난을 서두를까

나는 걷지 못하고 뛰었다

낙엽에게

도화지 같은 맑은 하늘을 향하여
움트는 작은 음표들이었다
바람을 거느린 구름을 안고
출렁이는 파도였다 너는

샛바람 불어
창을 두드리며 날아드는
새의 날개로 퍼덕이다가
길 위에 융단을 내어주는 낙엽

퍼석퍼석한 땅 나의 가슴에
꽃잎처럼 내려와
포근하게 온기를 마련하는 나무의 날개여
이루었으니 이제 쉬어서 가자

낮달에게 묻다

나이가 더 할수록
뼈에는 숭숭 구멍이 뚫렸다는데
몸은 무거워 가누기 힘들었다는 형님
지아비 병수발 들다
이제야 한숨 돌리더니
신호등 건널목에서 쓰러지고 말았단다

동네 입구 먼 하늘에 없는 듯이 떠 있는
만삭의 몸을 풀고 돌아앉은 아낙 같은
낮달에게 묻고 싶었다
그믐달이 초승달로 다시 태어나
보름달이 되는 일 예사로운데
우리는 왜 몸을 비워도
만월로 차오르지 못하는 것일까

아직도 돌아오지 않는 의식을
기다리는 삼 년
어찌하여 우리는
끝내 가득할 수 없겠는가를

4월의 캔버스

그 열기는 어디에 숨겨 두었을까

밀폐된 틀에 갇히었던
저 꽃숭어리들
뻥튀기 팝콘처럼 천지를 흔들고
가슴에 박히더니
이제는 후회 없다는 듯
꽃비 난분분하여라
이내,
아이의 입속 젖니처럼
연초록 이파리들 돋우어
세상을 살맛 나게 덧칠하는구나

세상의 꽃으로

한 시인이 말했다
우리 며느리는 꼭 도라지꽃 같아

또 한 시인이 말했다
내 며느리는 환한 백일홍 같아

그때야 나는 알았다
사시절 피어나는 꽃의 이름으로
불러보지 못한 가슴 아픈
이 세상 꽃 중의 꽃
때로는 애잔하였다가, 의젓하였다가
든든하고 자랑스러운
나의 딸들아!

오늘은 꽃의 이름으로
너희들을 불러본다 홍매화, 백목련,
금낭화, 무궁화, 코스모스
세상의 모든 꽃의 이름으로

쇠똥구리

쇠똥을 굴려서
길을 뚫고
기름진 흙을 고르며 산다

땀과 흙을 외면하며
황금을 쫓아 앞질러가는 사람들
원망하지 않는다
별을 보고 길을 아는 눈이 있으니까

맑은 물 흐르는
은하수를 따라가면
그들이 뭉개버린 길이 보인다
푸른 초장이 열린다

수국水菊

잉잉대는 벌 나비는 부르지 말자
산에서 마을로 내려오면서 다짐했었다
물 흐르는 길가 어느 곳이든 터를 잡아
꽃으로 피어나되
씨앗은 남기지 말자
너와 나 한 세월 뿌리로 섞이자고
달 같은 송이송이 수국이면 족하리
나 같은 너
너 같은 내가 만드는 별 무더기처럼
영혼의 밭에 발을 묻고
그저 하나의 꽃으로만
피고 지자고

바람개비 숨 고르다

숲을 이룬 아파트 빈터에
더러는 돌아가고 더러는 멈추어 선
반짝이는 바람개비들
울타리로 늘어서서 바람을 기다리고 있다

빨강 노랑 파란 종이 오려 접은
날개를 막대에 꽂으면
여지없이 돌아가며 꽃봉오리로 피어나던
작은 바람개비 가슴에 달고 내달리던
어린 내가 서 있다

처음엔 느슨하게 돌아가다가
바람에 맞서 새하얗게 숨넘어가는
팔랑개비처럼 살아온 날들
바람이 그들을 돌아가게 하는지
너나없이 팔랑거려 바람이 일어나는지
철없이 가늠해보는 바람개비들

서로서로 바라보며 숨을 고르고 있다

숯이 되었다
— 게발선인장

너를 위해 한목숨 바치는 사랑
물불을 가리지 않고 뛰어드는 밤
창가엔 게발선인장 붉게 피었다

전선을 타고 누전된 불길이
온 집을 덮치던 날
품에 안은 손자 불꽃에 데일세라
등 굽은 할아비는 숯이 되었다

불타는 사랑은 이리도
현란한 고통인가
손가락 마디마디 타오르는 불꽃
잉걸불을 등에 지고 숯이 되는 길

유월은

몰라보게
장성한 청년처럼
말없이 그는 왔다
풀무질하는 근육과
기름진 땀
장미 울타리를 거느리고

어느덧
생의 절반 중심에 들어선
유월,
초록의 긴 망토를 늘어뜨리고
따가운 볕
깊은 그늘을 드리우고

춘분

칼바람 앞에서도
다시 오마던
그날의 언약을 저버리지 않았다

먼 곳을 향하여
죽은 듯이 서 있는 길섶의 나무들
파르스름하게 생기 돋아나면
그대 돌아오는 발소리 들린다

멀고도 가까운 낮과 밤 같은
넘치지도 부족하지도 않은 오늘
그대 잡고 싶어 얼른 내미는
푸른 손들 어여뻐라

2월은 바람의 달

2월에는
비워둔 사랑방에
군불을 지피리라
성긴 그물 같은 나뭇가지에
어미 까치는
새집 지을 곳 찾아 날아오고
아버지는 대나무 매듭 다듬어
방패연 만들기에 분주하시다
2월은
쫓기는 영등할머니
바람의 달
냉이 캐는 처자의 손 아직 시린데
회임하는 너른 벌 낮은 숨소리
사랑방 온돌처럼 아늑하다

억새밭에서

같은 곳을 바라보며
어우러져 살리라

몸을 비워서 가볍게
하늘을 향한 깃발처럼
피어오르리라

모두 함께 가자 불러 모으는
정상으로 가는 민둥산 길목
구릉 같은 어머니의 등허리에
은빛 치맛자락 나부끼게 하리라

4부

대한민국 나의 조국

그날에 띄운 연은 어디를 날까

여행의 마지막 날은
완도 타워에 오르기로 했다

이른 아침 바람이 우리들의 연鳶을
높고 먼 곳으로 날려 보내던
동망산 후미진 언덕
바다가 하늘과 맞닿은 곳
그곳에서 띄워 보냈던 소망들
아직 건재한지 바라보기로 했다

어둠을 헤치고 가쁜 숨을 고르며
맞이했던 아침마다
뭍으로 가는 길을 막아선 것만 같던
고적한 섬들의 견고한 어깨동무가
위기를 막아준 방파제처럼
오늘은 믿음직스럽고 다정하기만 하다

촉수 세워 길을 찾는 달팽이처럼
우리 사는 이야기로 탑을 쌓는 길

돌아 돌아서 올라온 원형의 전망대에서
신지 약산 고금도, 청산도에 보길도까지
손을 잡은 듯 이어진 섬들의
긴 숨비소리 가득하였다

주도를 바라보며

완도읍 군내리 산 259번지
천연기념물 제28호
마음대로 드나들 수 없는 섬엔
이름도 어려운 나무들이 가득하였다
메밀잣밤나무, 붉가시나무, 졸참나무, 참식나무

늘 푸르러야지
불꽃의 심지처럼
견디어야지
그래야 저 언덕
저 하늘에 닿을 거야

세파에 발을 담그고 오래오래 떠돌다가
이제야 돌아와 주도를 바라보며
비로소 알겠구나
내 마음 한가운데
구슬 같은 섬, 너를 품고 살았음을
범접할 수 없는 섬 하나가
나를 지켜 주었음을

오륙도에서 세상을 보면

봉우리들을 딱히
다섯이다, 여섯이다
우기지 않았다

밀물과 썰물 때
다르고
동東에서 보면 여섯
서西에서 보면 다섯
종일 거센 파도에
몸을 헹구고 있는
하나의 섬, 오륙도

그저 마음의 눈을
더하여
세상을 바라보라 하였다

국화도, 그 하얀 붕대들

'바다가 보이는 풍경' 펜션에서
종일 바다에 취해 보자는 친구 따라
작은 섬 국화도에 갔었다
붉은 해 덩어리 건져 올리고 빠뜨리는
달이 기울면 토끼섬으로 가는 길이 열리고
휘파람새 소리 내며 춤추는 바다

깊은 속내를 풀어헤치듯 그녀가 말했다
춤을 추고 싶어 하는 것을 아버지가 막았어
돌아오지 않는 아들을 기다리다
선잠이 들었을까 하얀 붕대로 얼굴을 가린
아이의 음성이 들렸어
'아들을 찾아요! 아들이 어디 있어요'
영안실로 가는 불빛을 보고 혼절하고 말았다는

춤추는 바다 위에 피투성이 몸을 가린
저 하얀 붕대들
섬 자락엔 바지락, 굴 껍데기만 쌓여가고
쓰다듬는 듯 할퀴며 무너지는 파도들

얼마나 부딪혀야 반짝이는 모래톱으로 남을 것인가
춤을 멈추지 못하는 바다에 빠져들고 있었다

장도將島에 올라

나, 너, 대한민국 우리 조국
뿌리를 알고 싶은 마음의 눈을 뜨는 아침
아이야! 오늘은 장도將島에 오르자

일천이백 년 전 우리의 조상이
일만 명의 병사에게 물을 기리지 않게 했다는
청해 청 우물이 있던 자리를 지나
청해진의 당집에 오르자
천민의 아들로 태어나 성姓씨도 받을 수 없던 시절
활을 잘 쏘아 그저 궁복이라 불렀다는 더벅머리 소년이
꿈을 키웠다는 그곳에 가자

굴욕을 당할 수밖에 없는 가난한 사람들을 지키며
소중한 바닷길을 열고
신라, 당, 일본을 잇는 무역의 뱃길을 내어
부자 나라를 이루게 했던 해양 개척의 선구자
베풀 장張에 보존할 보保 언덕 고皐
장보고의 당당한 이름을 떨친 우리의 장군
그분의 입신은 신민을 돕는 이웃 사랑이었음을 기억하자

자랑할 만한 선조에 대해 알고 싶은 아이야!
완도읍 장좌리 목책으로 이어진 청해진의 장도에 올라
비단을 펼쳐놓은 듯 빛나는 바다에서 너의 장도莊途를
바라보자

이기대에 발을 딛고

나를 위한 삶의 시작은 어디일까

떠오르는 해와
푸른 바다를 길동무 삼아
함께 걷는다는 해파랑길이
시작된다는 이기대에 올랐다

기생으로 입적한 두 여인이
천한 몸을 가린 날개옷을
훌훌 벗어 던지고
왜장을 껴안고 목숨을 버렸다는
생소한 이름의 암반 위에서
내 한 몸 어떻게 죽을까 염려하였다

제 몸 할퀸 줄도 모르고
바람을 기다리던 세월을 잊을까
두려움 없는 죽음으로 다시 살아나는
늘 푸른 옷을 입은 파도가
달래는 듯 덮쳐 와

신념 같은 굳은 발을 적셔주었다

핏빛 노을이 하늘을 덮고 있었다

몽돌처럼 웃어야지

그 외딴 섬을 찾아간다고
신선을 만날 수야 있을까마는
그 이름이 좋아서 선유도에 갔다

일 년 열두 달 하루에 두 번씩
뼈도 없이 스며드는 부드러운 물살이
칼이 되어 꽂힐 줄이야
우직한 바위가 어찌 알았으랴

산꼭대기에 올라서 바둑을 두었다는
신선들은 만날 길 없고
부대낀 몽돌들만 발아래 웃고 있다
몸을 굴려 제 무늬 새기고 있다

양수리 느티나무

금강산 골짜기를 흘러내린 북한강과
금대봉 기슭을 더듬어 온 남한강이
한몸이 되는 두물머리 나루터에는
사백여 년을 깊은 강을 지키는 느티나무가 있다
낯가림하는 두 물길이 상한 마음 추스르며
어떻게 만나는가를 파수꾼처럼 알고 있다

해마다 조금씩 깊어지는 가슴으로
빛 부신 잎사귀들을 하늘 높이 던졌다가
허허로운 땅으로 내려보내는 그는
강에 떠밀려오는 어린 보석들을
어떻게 키우고 떠나보내는지를
나이테를 새기듯이 소상하게 알고 있다

아침을 열고
어둔 밤을 지키면서
깊이깊이 뿌리내려
흔들리는 가지마다 바람을 실어
강이 가는 길을 열어주고 있다

붉은 모래밭

태양과 별, 모래와 낙타 그리고 바람뿐이었다

사륜자동차 바퀴의 바람을 빼고
모래 언덕의 곡예를 즐기려
길 없는 길을 질주하는 사막 사파리를 떠났다
모래산도 옮긴다는 사막의 바람 때문이었을까
파도처럼 펼쳐진 모래 무늬들
삶의 무늬처럼 아름다웠다

'간음한 여인을 돌로 쳐라'
사라진 무덤들이 타고 있는 붉은 모래밭을 건넜다
태양도 외면한 여인들 검은 부르카를 두르고
낙타의 순한 눈망울로 쓰러져 죽었을까
유네스코 문화유산에 등재되었다는
붉은 모래밭에 여인들의 울음소리 길고 멀었다

그대 빈자리

억만 년의 세월이 흘러도
마를 수 없는 눈물이 있었단다

평생을 엎드려 밝은 세상을 도모하던
누런 용이 승천했다는
장가계의 무릉원 삭계곡에는
허물만 남은 텅 빈
깊고 어두운 굴헝이 있었다

내 안의 그대 빈자리엔 듯
몸부림의 흔적을 쓰다듬는
한이 서린 물방울들
신비로운 전설로 살아나
눈물길 내어 호수를 이루고 있었다

더러는 종류로,
더러는 석순으로
용트림하는 망부석 같은 기둥들
쉬지 않고 자라나고 있었다

고백하자면

장가계의 기암절벽으로 가는
길에 들어섰을 때
주위는 온통 눈물 안개로 가득했지요

우뚝우뚝 솟아오른 절벽들 끼리끼리 내통하는
바위틈에도 씨앗은 날아들었어요
포근히 덮어줄 흙 한 줌 아쉬운 음지 식물들의

갈고리 같은 뿌리와 웃자라지 못한 두툼한 이파리들
흐르지 못하는 눈물로 채웠네요

어머니는 늘 우리에게
눈물은 보이지 말고 참으라고만 하였지
한 여자가 여러 남자를 거느리고서도
시집갈 때 잘 울면 대접받았다는
토가족의 잘 우는 법을 가르쳐 주지 않았을까요

고백하자면 나는 지금도
내 슬픔에는 펑펑 울지도 못하면서

남의 애끓는 사연에
눈시울을 붉히고 있습니다
왜 그렇게 살았는지, 살고 있는지
웃음이 나오네요

내리막길

케이블카는 아찔한 오르막길을
이승의 절정을 보여주려는 듯
안개 낀 운몽산 정상에 데려다주었다

아무나 오를 수 없다는 장가계 천문산
비경에 잠긴 지 몇 참이었을까
모두가 하산을 서둘렀다
내려가는 길이야 그리 어렵겠는가
천 길 낭떠러지 해발 1,400미터
수직으로 솟아오른 절벽일지라도
내려간다는 말에 우리는 기뻤다

그러나 내려가는 길도 만만하지만은 않았다
서로 이끌어 줄 수도 밀어줄 수도 없는
가파른 외길
히말라야의 정상에 오른 명인들도
때로는 놓치고 말았다는
방심할 수 없는 하산의 길
삶의 마지막 길과도 같은 그 길을

어찌 대수롭지 않게 여겼을까

머리 숙여 오직 발끝에
힘을 모아야 하는 내리막길이었다

미끄럼틀에서 미끄러지기

천문 산에는 대협곡으로 가는
수백 미터의 미끄럼틀이 있었다
앉아서 쉽게 미끄러져 내려가라는
구불구불하지만 반들반들한 길이었다

엉덩이 보호막으로 마련한
포댓자루를 허리에 매고
연결된 끈을 양쪽 다리에 묶어라
신발을 단속하고 허리에 힘을 빼
손으로는 살며시 난간을 잡으라는
주의사항이 있었다

쾌속을 즐기며 쉽게 도달하려는
길 위에서도 마음에 새겨야 할 일이 있고
지켜야 할 규범이 있었건만
앞뒤 간격을 조절하는 일이 서툴러
누군가는 신발이 튕겨 나가고
꼭 움켜쥐면 되겠지 손에 잡은 지갑이
아뿔싸! 옆길 낭떠러지로 굴러가고 말았다

모자를 접고 급한 발을 참아내며
아까운 것들 털어버리고
상쾌하게 미끄러져 내려가라는
긴 미끄럼틀이 있었다

줄타기

휘청거리는 줄 위에
목숨을 걸었다
아는 길도 물어물어
더듬어 가는 광대
무형문화재 58호 얼음 줄타기

허공에
팔을 벌려 노를 저으며
돛폭처럼 태극선을 펼쳤다

그는 안다
가야 할 길은
오로지 하나라는 것을
몸이 기울고 흔들려도
중심을 놓지 않아야 한다는 것을

외줄 위
아슬아슬한 인생길에 서면
항해하는 선장처럼 그렇게 가야 하리

길은 멀고 보이지 않는다고
말하지 않으리

우리 숨바꼭질해요

쉽게 오르내리는 엘리베이터 안에서
거울에 비치는 자신의 낯선 모습에
놀라곤 한다는 그에게
쪼르르 안겨오며
할아버지 다녀오셨어요! 하던 아이가 요즘은
뽀글거리며 숨는 갯벌의 달랑게처럼
머리카락 보이게 커튼 뒤로 사라지며
우리 숨바꼭질하자 하네요

어렵지 않은 일
참 재미있는 놀이처럼
우리 사는 동안이
숨으면 찾고 찾으면 숨어버리는
숨바꼭질 같은 것일까요

아이는 제 모습 숨기며 나는 누구인가요
나를 좀 찾아주세요 소리 없이 소리치고
할아버지는 흘러간 세월 뒤적거리며
숨어버린 옛 모습 찾으려 하데요

숨으면 찾고
찾으면 숨어버리는
갯벌 같은 세상
숨바꼭질하자 하네요

할머니 전성시대

아들딸 결혼 시키고 손자들까지 키워내더니
이제는 가방 메고 노인 복지관에 도장 찍는다는
할머니들로 꽉 찬 문화센터 노래교실에 오는
서너 명의 할아버지는 강심장이라는데

지하도 입구에서
고구마 줄기 껍질을 벗기고 있는 할아버지에게
"그것 얼마에요?" 했더니 쳐다보지도 않고
"한 근에 3천 원" 한다
"한 근 주세요" 싸구나 싶어 얼른 사려는데
옆에서 곁눈으로 보고 있던 할머니가
"뭐이, 3천 원이야, 4천 원이지!" 한다

며칠 후 또 그 앞을 지나다가
눈을 내리깔고 고구마 줄기만 꺾고 있는
그 할아버지에게
삶은 우렁이 한 사발을 샀다
할아버지가 손에 쥐고 있던 구겨진
비닐 주머니에 그걸 담으려는데

"아, 그 바구니 밑에 있는 비닐에 담아!"
엉거주춤 새 비닐을 찾아 담는 할아버지

돌아오는 길에 그이에게
"저 할아버지는 할머니에게 꼼짝 못 하네" 했더니
"요즘 마누라 말 안 듣고 배기는 사람 있나" 하더라

파지破紙

출산의 몸부림
훔쳐내고 닦아낸
산모의 땀이다
미로를 돌아 나온 시행착오
칠전팔기의 흔적들
구겨진 네 얼굴 펼쳐보는 날
네가 있었기에 지금
내가 여기 있구나

해설

■ 해설

사랑할 줄 아는 시인

— 장하지의 시를 읽는다

이 향 아(시인)

1. 시를 감상하는 시각

이 글을 쓰기 전에 장하지의 첫시집 『갈대새』를 찾아 내가 당시에 썼던 발문을 다시 읽어보았다. 한 시인의 언어가 시간의 속도와 흐름에 얹혀서 발전하고 성장하는 것은 아니라고 해도, 그동안 무엇이 어떻게 변모하였으며, 무엇이 그대로 유지되고 있는가를 알고 싶었던 것이다. 첫시집을 발간한 지 5년이 지났다.

첫시집을 발간할 때와 특별히 달라진 것은 없다. 그러나 굳이 말하자면 시를 접하는 그의 마음가짐이 유연해졌다고 할까, 시인으로서의 자의식이 뚜렷하게 안정되어 있는 점, 쓸데없는 망설임으로 스스로를 억누르거나 은폐하려 하지 않는 점을 들 수 있겠다. 축하할 일이다. 이제 시는 그의 생활 소중한 곳에 자리 잡고 있으며, 시

따로 생활 따로 분리되지 않고 시 속에 삶이, 삶 속에는 시가 스며있다는 것을 알게 해 준다.

문학작품을 대할 때 비평의 방향은 크게 두 가지로 분류할 수 있다.

하나는 작품을 시대적 환경적 산물로 정의하면서 그것이 생산된 주변의 조건, 작가의 삶과 체험, 가정과 인간관계를 결부하여 고찰하는 방법이다. 그리고 다른 하나는 한 편의 시를 독립된 개체로 보면서 작품의 내적 조건인 언어와 리듬과 이미지 · 비유 등 표현기교를 중심으로 분석하는 방법이 그것이다. 흔히 전자를 문학의 '외적 연구' 혹은 '역사적 연구'라고 하고 후자를 문학의 '내적 연구', 혹은 '분석적 연구'라고 한다.

두 방법은 각각 그 주장에 부응하는 타당성을 가진다.

앞의 역사적 비평에서는, 문학은 사회적 역사적 환경과 관련 없이 갑자기 하늘에서 떨어지듯 존재하는 것이 아니라고 주장한다. 그러므로 분석적 비평이 문학과 인생의 관계를 소홀히 다루어 문학의 총체적인 면을 외면한다는 점, 비평가에 따라서 평가의 기준이 천차만별하여 객관성이 없다고 점을 맹점으로 지적한다.

그러나 분석적 비평에서는 발표된 작품은 작품으로서 다루어져야 하며, 작품의 배경이나 역사와 사회, 작가의 생활환경 등 문학의 본질에서 벗어난 조건을 결부시키는 것은 문학의 핵심을 이해하는 데에 적지 않은 오류를

낳을 수 있다고 말한다.

두 가지 방법의 장단점을 굳이 발문의 서두에서 언급하는 것은 장하지 시인과의 수십 년 교분이 그의 시를 작품으로서만 객관화할 수 없으며 과학적으로 분석하기가 어려울 것이라고 생각되기 때문이다. 그리고 지금까지 내가 알고 있는 그의 생활의 특수성과 그의 사상, 환경과 주변의 조건과 결부하여 외적 분석을 하게 될 것을 예견하기 때문이다.

그리고 이번 시집『나뭇잎 우산』에 수록된 작품들이 시인의 생활과 그 뿌리를 살피는 소재들을 많이 다루고 있다는 점도 하나의 이유가 될 것이다.

그러나 시집으로 묶여서 발표하는 이들 작품들은 어느 독자를 만나더라도 그 이해의 폭이 크게 다르지 않으리라고 판단한다. 설령 이해의 방향이 다르다 해도 그것은 다양한 독자들의 성향이므로 어쩔 수 없는 사항일 것이다.

2. 그리운 독재자, 나의 아버지

장하지 시인의 첫 시집 발문에서 나는 다음과 같이 언급한 바 있다.

"장하지의 시에서 가장 돋보이는 것은 유심과 유정이다. 인간을 바라보는 그의 따뜻한 시선, 따뜻한 배려. 그

따뜻함을 휴머니즘이라고 지칭하는 것은 오히려 무성의한 표현일 것이다. 그렇다고 사랑이라고 말하는 것도 다소 가벼운 느낌이 들어 불완전하다는 생각이 든다. 그러나 여기서는 그냥 편하게 사랑이라고 말하련다. 장하지의 사랑은 혈족에서 이웃으로, 민족으로, 인류로, 사람 존중의 정신으로 확대된다."라고 언급했었다.

그의 사람과 생명에 대한 관심과 애정은 남달랐다. 혼혈의 가수인 인순의 성공을 눈물겨워 했던 시를 첫 번째 예문으로 세워 언급했던 것은 우연이 아니었다. 시인 장하지는 광활한 인류애의 바다로부터 자아에 대한 성찰로 돌아오고 있나 보다. 그가 구체적이고도 생생한 핏줄의 인력을 따라 다가오는 모습은 보편성으로부터 특수성으로 집약되는 행보로 보아야 할 것이다.

기둥주柱에 하늘천天 나의 아버지
암담한 그 시절 평양의전을 졸업한 의사
장 · 주 · 천 ·
그분을 내 마음 깊이 독재자라 새긴다

굶주림에 죽고 병들어 죽을 때
독립군과 내통하여 나라를 찾으려던 청년
고향에 내려와 허물어진 산천 다듬고
보릿고개 이겨내자, 질병을 몰아내자
작업복 주머니에 절단 가위를 질러 꽂고
야산을 개간하고 숲을 가꾸던 아버지

새벽 기침으로 십일 남매의 마음에 불을 켜
호야 등불이 저녁을 정돈할 무렵
그가 돌아오는 발소리로 우리들의 숲은 깊어갔다

내 생의 작은 배가 먼 항해에 흔들릴 때마다
넘어질 수 없는 이정표로 홀연히 서서
펄럭이는 깃발을 꽂을
든든한 푯대처럼 나를 일으키는 아버지
그리운 독재자, 나의 아버지

–「그리운 독재자」 전문

장하지 시인은 이번 작품집에서 특히 '아버지'에 대한 기억을 많이 되살려냈다. 위의 시에서 표현된 바와 같이 화자의 아버지는 일제강점기에 한국인으로서는 드문 지식인이었다. 평양의학전문학교를 졸업한 의사였던 그는 졸업 후에도 개인의 명리나 타산에 눈을 뜨지 않았다. 잃어버린 나라를 걱정하면서 낙후된 고향으로 내려가 질병과 가난에 허덕이는 민족(이웃들)을 위해 헌신하였던 것이다.

그는 심훈의 소설 『상록수』의 주인공처럼 몽매하고 가난한 농촌을 깨우치는 실천적 애국자였다. 아버지는 "야산을 개간하고 숲을 가꾸"면서 허물어진 고향산천을 다듬고, "독립군과 내통하여 나라를 찾으려던 청년", 숨어서 독립자금을 지원하던 청년이기도 했다.

시인은 아버지를 “내 마음 깊이 독재자라 새긴다”고 하였다. ‘독재자’란 아버지에 대한 최고의 애정이 담긴 명칭이며 존경심에 넘치는 정의인 동시에 아버지를 향한 그리움의 표현이다. ‘독재자’라고 할 만큼 아버지의 명령은 당당하였고 단호하였고 지엄하였을 것이다. 그러나 아버지는 독재자의 권위, 그 엄격함을 지키면서 자녀들을 일으켜서 앞길을 밝혀주었다. 당시 시인 장하지는 아직 어렸지만, 아버지의 가르침이 옳다는 것을 충분히 알았고 이해하였으며, 아버지가 오래오래 독재자로서 군림할 수 있도록 그 방향에 절대의 호응을 보냈을 것이다.

요즘에는 소위 발전된 민주교육이라고 하여, 부모와 자식 사이도 지시와 복종의 종적 관계가 아니라 인격과 인격이 평행선에서 동등하게 만나는 횡적관계여야 한다고 주장한다. 그러나 엄밀히 말하면 그것이 우리의 전통적인 방식은 아니다.

시인은 “내 생의 작은 배가 먼 항해에 흔들릴 때마다/ 넘어질 수 없는 이정표로 홀연히 서서/ 펄럭이는 깃발을 꽂을/ 든든한 풋대처럼 나를 일으키는 아버지”, 독재자 아버지를 그리워한다. 그러나 아버지의 추억이 늘 그런 모습으로만 남아 있는 것은 아니다.

방풍림을 뚫고
찔레 덤불 지나서 크고 작은

갯돌들 널린 바닷가 구계등에서
가족사진을 찍었다

아버지의 늦은 저녁상에 오른
술잔에서 모락모락 피어나던 우리
봄이면 소풍 가자 이끄시는 아버지의 손을 잡고
비탈진 몽돌 계단에서 유희하며 노래 부르던
우리는 아버지의 아지랑이들이었어

날마다 쾌청하여라
차르르, 차르르
괜찮다, 괜찮아
흠뻑 젖은 몸으로 아버지는
달아나는 아지랑이들 바라보고 있었지

–「구계등 아지랑이」 전문

구계등九階燈은 전라남도 완도군 완도읍 정도리에 있는 아름다운 해변의 이름이다. 파도에 밀려 표면에 나타난 자갈밭이 아홉 계단을 이룬 것 같이 보여 '구계등'이라고 부른다고 한다.

오랜 세월 고향을 떠났다가 옛날의 아버지 나이쯤 되어서 이제는 장성한 후손들을 데리고 구계등에 간 시인은 어렸을 적에 아버지와 가족사진을 찍었던 것처럼 경치 좋은 자리를 골라서 가족사진을 찍었다.

구계등 맑은 해변에 쏟아져 내리는 햇살이 너무 부셔

서 눈을 찡그리면 바닷물 위에서는 아지랑이가 아른거렸었다. "방풍림을 뚫고/ 찔레 덤불 지나서 크고 작은/ 갯돌들 널린 바닷가 구계등에서" 시인은 마냥 즐겁기만 하던 옛날의 풍경 속에 잠긴다.

"아버지의 늦은 저녁상에 오른/ 술잔에서 모락모락 피어나던 우리/ 봄이면 소풍 가자 이끄시는 아버지의 손을 잡고/ 비탈진 몽돌 계단에서 유희하며 노래 부르던/ 우리는 아버지의 아지랑이들이었어" 데리고 온 어린애들이 아지랑이처럼 뛰노는 모습을 보면서, 시인은 자신의 유년시절을 생각하는 것이다. 아버지가 그러셨듯이, "날마다 쾌청하여라/차르르, 차르르…/ 괜찮다, 괜찮아/흠뻑 젖은 몸으로" 뛰노는 자신의 아지랑이들 바라보고 있는 것이다.

아버지의 존재는 시인의 지주이며 자존심처럼 그의 정신의 중심에 있다. 시인은 삶의 도처에서 아버지를 만난다. "해남 남창과 달도를 잇는/ 연륙교를 건너/ 고향 완도에 다녀왔다/ 산길 따라 실 같은 물줄기 모아/ 옹달샘 만들어 주던 아버지의 땅/ 키 높은 잡풀과 벌레들이 지키는/ 부모님의 묘소에 머리 숙여 참회한 지 얼마 만인가/ 살아온 날들 어디쯤/ 애써 새겨 둘 곳만 남겨두었을까(…)/ 그 산과 그 바다 물결 잊지 못하리/ 만날 길 없는 사람들 가슴에 묻고/사진 몇 장 새기고 돌아왔다"(「사람이 고향」)고 시인은 다시 노래한다.

고향이란 어느 지역의 이름이 아니라 '생각나는 사람'

임을 강변하고 있는 것이다. 시인에게 있어서 생각나는 사람은 "실 같은 물줄기 모아 옹달샘 만들어 주던" 아버지이다. 그리고 머리 숙여 참회해야 할 묘소가 있는 "아버지의 땅"이다.

3. 그래도, 다시 사람으로 태어나자

장하지의 이번 시집에는 수많은 사람들이 운집해 있다. 많은 사람들이 모여서 서로서로 온기를 나누면서 훈훈한 마을을 이루어 놓은 듯하다. 그들 중에는 이미 세상을 떠난 사람들도 있지만, 시인은 떠난 사람들을 수시로 불러내어 오늘을 함께 살아가게 한다. 몸은 세상을 떠났어도 어느 누군가의 기억 속에 자리 잡고 있는 한 그는 죽었어도 살아있는 사람일 것이다.

그가 지금 살아있거나 떠났거나 시인은 사람들을 오래오래 기억하고 싶다. 그들은 기억하려 하지 않아도 잊히지 않는 사람들이며, 잊어서는 안 되는 사람들이기도 하다.

그들 중에는 "비무장지대에서 순찰"하다가 "목함지뢰에 부상당"한 우리 병사도 있고(「아직도 마음은 뜨겁다」), 터키의 한 해변에 밀려온 시리아 난민 세 살짜리 아일린 크루디도 있다(「희망의 땅으로」). 지하도 입구에서 고구마 줄기의 껍질을 벗겨 파는 할머니 부부도 있으며(「할머니

전성시대」), 비명에 간 아들 때문에 골병이 든 친구(「국화도 하얀 붕대」), 멀어졌던 사이를 메우려는 듯 참깨를 보내준 친구도(「막을 걷어내다」) 있다. 고구마나 호박오가리를 택배로 보내준 사촌이 있으며(「오래오래 남는 법」), 길거리에 넘어진 나에게 "일어나실 수 있겠습니까?" "병원에 가셔야겠어요." 걱정하는 고마운 행인들도 있다(「고마운 아침」).

그는 또, "하루가 나태하고 우울한 날은/ 서울 지하철 9호선 8번 출구 동작동/ 국립묘지 현충원을 찾아볼 일이다/ 국가유공자 묘역을 지나/ 무후선열 제단 앞에/ 싸들고 간 김밥이라도/ 무릎 꿇어 진설할 일이다 (…) 모두가 푸르러서 나 홀로 슬픈 날은/ 흐트러진 마음 가다듬고/ 한목숨 아끼지 않은 그분들의/ 태극기 한 번 안아볼 일이다(「흐트러진 마음 가다듬고」)라고 비장한 목소리로 말한다. 그러나 하루가 아무리 나태하고 우울할지라도 장하지 시인처럼 김밥을 싸들고 지하철을 타고 동작동 국립묘지를 가는 사람들이 몇이나 될까? 우리는 하루하루 살아가면서 좋은 날에는 들떠서 정신이 없고, 슬픈 날에는 풀이 죽어서 생각 없이 살아간다. 내가 "어찌어찌하여 푸른 하늘 아래 맑은 물 마시며 살고 있는지" 그 근원을 생각하려고 하지 않는다. 독자들은 장하지 시인의 타고난 애국심을 엿보기 전 삶의 구비마다 깊이 성찰하는 그의 자세를 엿볼 수 있을 것이다.

그리고 장하지의 시에는 4대에 이르는 핏줄들이 있다.

"어느 곳에 가든지 그곳이 너의 집이야 잘 살아야 해" 당부하던 언니들(「토마토의 집」), 내과의사로 미국으로 건너가더니 정보통신 박물관을 세워 대한민국등록문화제 589호로 등재한 자랑스러운 오라버니 장황남 박사도 있다(「장황남 정보통신 박물관」). 그리고 겨울 강가에 가면 "여덟 살에 엄마 잃고/ 사포나루 건너 시집 간 고모", 시집가서 "아편 앓는 지아비 닦달하던 목소리"와도 만난다. 그리고 "올케는 좋겠다/ 딸, 아들 서로 어머니 모시려고 다툰다는/ 올케는 좋겠다"면서 죄스러움과 그리움을 절절하게 전하고 싶은 어머니도 다시 돌아오신 듯하다(「엄마의 생일」).

"창밖엔 벚꽃, 살구꽃이 다투어 피어나고 있"을 때 "내 동생 찬연이 얼굴에도 붉은 열꽃이 피고", "검은 옷을 입은 삼촌이 (…) 색동저고리 다홍치마의 예쁜 동생을/ 엄니 품에서 빼앗아 어둠 속으로 사라졌다/ 엄니는 자꾸 울고 동생은 영영 돌아오지 않"(「그해 봄」)았던 오래전 그해 봄을 시인은 지금까지 잊지 못한다. 살구꽃이 필 때마다 벚꽃이 필 때마다 "꽃잎이 송이 눈처럼 흩날리던 날"과 "어둑어둑한 저녁참"을 생각하는 것이다(「그해 봄」).

"잎을 버려야 했던 겨울나무들"이 다시 살아나서 "온몸에 불을 당겨 꽃봉오리 터뜨리"고 있지만 "진정 보내지 못할 그 사람"의 장례식장으로 가는 길, "후회 없이 피었다가/ 언젠가는 떨어져 내리는/ 그 꽃길을 지나/ 다시는 볼 수 없는 사람 만나러 가는 길" 만발한 꽃들은 그의 죽음을 애도하고 시인의 슬픔을 위로하는 것처럼 보이기도 한다.(「만나러 가는 길」) 장하지 시인은 사람에 대한 사랑이 혈연에 대한 사랑으로부터 시작된다는 것을 입증이라도 해주려는 것 같다.

그의 시의 과반수가 사람을 향한 사랑이라는 것은 놀라운 일이다. 사람을 좋아하고 사람을 아끼기 때문이겠지만 사람과 더불어 향토의 지명들도 특별히 많다는 것은 사람과 더불어 누렸던 삶, 그 삶에 대한 아름다운 기억 때문일 것이다. 그들 지명은 단순히 어느 곳을 지칭하는 이름이 아니라 지금 살아서 다가오는 듯 특별한 울림을 전해주고 있다.

다시 태어난다면 나무로 태어날래
돌아서지 않고 한자리에 서서
바람을 날라다 주며 푸르게
푸르게 그늘 내려 품어주는 나무
묵묵히 바라만 보는 나무로 태어날래

아니야, 그래도 사람으로 태어나자
우리 다시 태어나서 사람으로 만나자
너를 만나 나무를 심고
나는 네 안에, 너는 내 안에
서로를 가꾸는 거름이 되자

—「우리 다시 태어난다면」 전문

사후의 환생에 대한 생각을 대상자를 향해 설득하듯이 이어간 위의 시는 시인 장하지의 인간과 인간 세상, 그리고 인생을 바라보는 시각을 알게 한다. 시의 청자는 한 사람인 것처럼 보이지만 여러 사람일 수도 있다. 1연에서는 나무로 태어날 것을, 2연에서는 사람으로 태어날 것을 권유하고 있으며, 시인의 목소리는 1.2연 모두가 진지하다. 1연과 2연이 외견상으로는 서로 다른 주장을 하고 있는 듯이 보인다. 그러나 그 둘이 대립하지 않고 병행하는 것은 1연에서도 2연에서도 사람이 사람을 위하고 염려하고 사랑하는 모습에 다름이 없기 때문일 것이다.

다시 태어날 때는 나무로 태어나겠다고 말하는 것은 나무가 배반하지도 않고 변덕을 부리지도 않기 때문이다. "바람을 날라다 주며 푸르게/ 푸르게 그늘을 내려 품어 주"면서 묵묵히 바라만 보는 나무, 사랑을 쌓는 나무, 후생에 나무로 태어나자는 말에는 어떤 결핍도 없고 하자도 없다. 그럼에도 불구하고 시인은 다시 2연에서 1연의 나무가 되자는 주장보다도 강하고 신념에 찬 주장을 하고 있다.

시인은 "아니야, 그래도 사람으로 태어나자/ 우리 다시 태어나서 사람으로 만나자"고 한다. "그래도"란 무엇인가, 나무로 태어나는 것도 물론 좋지만 그래도 사람으로 태어나는 것이 낫다는 것이다. 사람으로 태어나서 살아온 우리의 생애를 돌아다보면 슬픔이 기쁨보다 많았지만 "그래도", 한평생 근심과 우환과 질곡이 많았지만 "그래도", 희망을 잃고 비틀거렸으며 앞이 보이지 않을 만큼 어두웠지만 "그래도"인 것이다.

"그래도 사람으로 태어나자, 우리 다시 태어나서 사람으로 만나자"고 하는 말이 피맺힌 울부짖음으로 들리는 것 같다. 시인의 말은 "거꾸로 매달아도 세상이 좋다"는 범속한 종류의 말이 아니다. 인간과 세상을 동시에 포기하지 않겠다는 말처럼 들리며, 불굴의 극복 의지를 선포하는 말처럼 들린다. 사람으로 만나서 "너를 만나 나무를 심고/ 나는 네 안에, 너는 내 안에/ 서로를 가꾸는 거름이 되자"는 제안은 후생에 사람으로 태어나서 나무를 심자는 말, 서로가 서로의 삶을 양육하자는 다짐이다. 사랑의 확신이 없고서는 이러한 헌신과 희생까지 조건으로 내세울 수는 없을 것이다.

용산역 오후 3시
오늘도 눈이 내리고 있습니다
플랫폼을 걸어 나오던 그의 어깨 위로
희끗희끗 날리던 반세기 전 그날처럼

떠나고 돌아오는 시각을 알리는
체스게임의 미로 같은 역사 전광판 앞에서
우리가 그리던 청춘을 싣고 갈

열차를 바라보며
온 누리를 누비고 폭풍 속을 걸어오는
그를 나는 기다렸습니다

어둠이 내려도 헤어질 줄 모르던
우리의 지나온 길을 덮으며
함박눈은 펄펄 내려 쌓이고 있습니다
그날의 미래였던 오늘 위에
하얗게, 하얗게 길을 내고 있습니다

—「용산역 대합실에서」 전문

흐름이 평화롭고 아름답다.

이 시집 서두에서 "나는 입지전적인 남자를 사랑하였다"라고 했던 시인의 말에 불이 켜지는 순간이다. 용산역 대합실에 희끗희끗한 눈발을 얹고 "우리가 그리던 청춘을 싣고 갈/ 열차를 바라보며/ 온 누리를 누비고 폭풍 속을 걸어" 왔던 남자. 그의 남루 안에 자리 잡은 자존과 인내를 사랑할 줄 아는 시인을 향해서 그 남자는 걸어왔다.

결혼 50주년, "희로애락의 세월 반세기"에 "희망을 버리고 싶은 날"이 있었다는 것은 지극히 당연한 과정이며 정직한 고백이다. 돌아다보는 청춘은 아름답지만 시행착오가 많았다. 그러나 "어둠이 내려도 헤어질 줄 모르는/ 우리의 지나온 길을 덮으며/ 함박눈은 펄펄 내려 쌓이고/ 그날의 미래였던 오늘은 또다시/ 하얗게, 하얗게" 새로운 길을 내고 열고 있지 않은가.

삶의 길에서 때때로 절망을 느낄 때, 바람의 손은 무심한 공기를 가르며 나의 등을 어루만져 주었고 속삭여 주었다. 그리고 시인은 그것을 제대로 알아들었다. "모진 시간은 잠깐이니 지혜롭게 살자"라던 말. 귀가 있다고 하여 누구에게나 그런 말이 들리는 것은 아니다. 오늘 용산역에서 50년 전의 그 날을 그리워하듯이 오늘은 또 어느 훗날의 추억이 될 것이다.

4. 사람이 있는 풍경

별바른 툇마루에 앉아
어머니의 발톱을 다듬어주는
남편의 모습이 아름다웠다

'첫 걸음을 떼었어요'
뇌성마비 일곱 살 지호를 키우는
올케의 밝은 웃음소리가 떠나지 않는다

무엇이 사람을
저리 아름답게 하는가!
꽃으로 피어나게 하는가
아름다운 사람의 모습들이

나에게 행복을 일러주던 날들

–「아름다운 풍경화」 전문

우리 동네 버스 정류장에
가로수로 자란 은행나무 몇 그루가 있는데요,
간이음식점이 있던 자리에 카센터가 들어서고는
그 중 한 그루 은행나무가
여름부터 헉헉대며 타들어가네요

전쟁 때 나를 업고 피난 가던 큰언니
온 몸에 황달 퍼져 세상 떠난 지아비 그리며
바람막이로 삼남매 지켜내던 언니
자동차의 속병 고쳐주며 흘리는 매연
멀리 퍼지지 않게 온몸으로 막아서는
카센터 앞 저 은행나무는
쓸개즙보다 더 쓴 세상 살아 온 언니처럼
그저 창공을 바라보며 타고 있네요.

–「은행나무 한 그루가 타고 있네요」 전문

"볕 바른 툇마루에 앉아/ 어머니의 발톱을 다듬어주는/ 남편의 모습"을 보면서 아름답다고 생각하는 시인이 아름답다. 뇌성마비를 앓는 일곱 살 조카 지호가 걷기 시작했을 때 '첫걸음을 떼었어요' 기뻐서 웃던 "올케의 밝은 웃음소리가 (너무나도 아름다워서 귓전을) 떠나지 않는다는 시인의 분별이 아름답다. 세상에서 사람처럼 아름다운 것은 없다고 믿고 있는 시인의 말처럼 아름다운 사람의 세상이다.

시인은 묻는다. “무엇이 사람을 저리 아름답게 하는가! 무엇이 사람을 꽃처럼 피어나게 하는가. 우리는 그 대답을 얻기 위하여 굳이 고심할 필요가 없으며 그 대답을 다투어 내놓을 필요도 없다. 독자들은 시인과 이심전심으로 젖어서 시인의 마음에 이미 동참하고 있다는 것을 스스로 알고 있을 테니까.

아름다운 사람의 모습들이 “나에게 행복을 일러주던 날들”을 기억하는 시인은 그것은 사람만이 만들 수 있는 풍경이라고 말하고 싶어 한다. 그에게는 그만큼 사람이 우선이다. 장하지에게 자연을 읊은 시들도 많지만 그에게는 자연이 사람과 독립하여 존재하지 않는다. 사람이 자연이고 사람이 풍경이다. 아무리 아름다운 자연도 사람이 있음으로써 비로소 그 아름다움을 완성하여 제대로 발휘할 수 있게 된다는 것이다. 이 시인에게 사람을 능가할 만큼 아름다운 자연은 없으며 사람보다 그윽한 풍경도 없다.

사실 시인이란 무엇을 하는 사람인가.

세계(여기서 세계라고 하는 것은 자아 이외의 모든 대상을 의미한다)와 자아와의 관계를 새롭게 발견하여서 그 세계에 새로운 이름을 부여하고 그 존재 가치를 해석하는 일이 아니겠는가. 이러한 일은 세계와 자아를 동일시함으로써 이루어진다. 그리고 이러한 동일성을 발견하려는 시인의 시각을 '시적 세계관'이라고 한다.

장하지 시인의 시적 세계관은 동네 버스정류장 근처 가로수가 서 있는 주변 환경에도 무심하지 않다. 무심하지 않다는 것은 관심이 있다는 것이고 관심이 있다는 것은 애정이 있다는 것이다. 우리 동네 버스정류장에는 무슨 나무가 서 있는지 그 나무의 건강은 좋은지 나쁜지, 나쁘면 언제부터 나빠졌는지. 동네 카센터가 들어서기 전에는 그 자리에 어떤 가게가 있었는지, 그는 거슬러 생각하며 걱정에 잠긴다.

장하지 시인의 이러한 관심과 애정은 세계와 자아(여기에서 자아란, 주체와 합일을 이루는 사물까지를 포함한다)의 동일성을 발견함으로써 시작된다. 즉 카센터에서 내뿜는 매연에 시달려 "여름부터 헉헉대며 타들어가"는 한 그루의 은행나무는 객관적 타자他者, 세계世界가 아니라 자아(큰언니)인 것이다.

시인은 은행나무와 큰언니를 동일시함으로써 "전쟁 때 나를 업고 피난 가던 큰언니/ 온몸에 황달 퍼져 세상 떠난 지아비 그리며/ 바람막이로 삼 남매 지켜내던 언니"—시인의 자아와 합일을 이룬—를 사랑과 연민과 괴로움으로 바라보고 있다. "자동차의 속병 고쳐주며 흘리는 매연"을 더 "멀리 퍼지지 않게 온몸으로 막아서" 있는 카센터 앞 은행나무처럼 큰 언니는 자기 한 몸을 바쳐 바람을 막아주고 지켜냈다. 은행나무가 큰언니처럼 쓸개즙보다 더 쓴 세상에서 창공을 바라보며 타고 있다고 생각하는 시인의 마음은 은행나무(큰언니)와 함께 타고 있을 것이다.

이와 유사한 예는 장하지 시의 도처에서 눈을 뜬다. 그중의 하나가 「낮달에게 묻다」이다. "지아비 병수발 들다/ 이제야 한숨 돌리더니/ 신호등 건널목에서 쓰러지고 말았"다는 형님의 소식을 듣고 안타까워하면서 "먼 하늘에 없는 듯이 떠 있는/ 만삭의 몸을 풀고 돌아앉은 아낙 같은/ 낮달에게" 시인은 묻는다.

그믐달이 초승달이 되었다가 그것이 보름달로 차오르는 일은 예사로운데, "우리는 왜 몸을 비워도/ 만월로 차오르지 못하는 것일까", 아직도 돌아오지 않는 의식을 기다리는 삼 년 "어찌하여 우리는 끝내 가득할 수 없"는가를. 다그쳐 묻고 있는 것이다.(「낮달에게 묻다」)

고개도 넘지 않고 흙 자갈 길도 없이
시멘트 환한 터널을 지나서
보배의 섬 진도에 갔다
때마침 해안은 조금, 한사리
살 오른 숭어 떼가 뛰어오른다는
녹진의 다리 아래 짐을 풀었다
그물망은 물론, 미끼도 없이
뜰채로 건져 올린 숭어 몇 마리
밥상 위에 차려놓고 건배를 했다
승전을 자축하는 우수영의 병사처럼

북을 두드리며 술잔을 부딪쳤다
지나온 길목마다 던져 보았던
그물에 대하여
달콤한 미끼에 대하여
기회와 함정의 울돌목에서
낚아챈 행운을 말하며 열을 올리면서도
잠영하여 멀리 떠나간 눈 밝은
숭어에 대하여는 입을 열지 못했다

"강강수월래", "강강수월래"
발맞추는 합창 소리가 아득하였다

–「숭어」 전문

시인은 전라남도 진도에 갔다.

옛날에는 고개를 넘고 흙 자갈 길을 걸어서 어렵게 갔던 길을, 이제는 시멘트로 치장한 환한 터널을 지나서 편하게 갔다. 녹진의 다리 아래 짐을 풀고 "뜰채로 건져 올린 숭어 몇 마리/ 밥상 위에 차려놓고 건배를 했다/ 승전을 자축하는 우수영의 병사처럼/ 북을 두드리며 술잔을 부딪쳤다". 임진왜란과 왜군을 막아낸 우수영의 병사들을 생각하는 시인의 가슴은 잠재된 애국심으로 출렁거리고, 역사를 되찾은 자긍심으로 차올랐을 것이다.

「숭어」라는 시는 단순한 기행시일 수도 있다. 그러나 여기서 특별한 의미를 찾으려는 독자들을 상정해 볼 수도 있다. 그것은 지금까지 읽어온 장하지의 시 도처에서 그의 남다른 애국심을 읽어왔기 때문일 것이다. 시인은 「그리운 독재자」에서 "독립군과 내통하여 나라를 찾으려던 청년" 아버지를 그리워했고, 「아직도 마음은 뜨겁다」에서는 비무장지대를 순찰하던 우리 병사가 목함지뢰에 부상당한 후 한층 뜨거워진 국민들의 애국심을 기뻐하기도 했다. 그는 또 "하루가 나태하고 우울한 날은 서울 지하철 9호선 8번 출구/ 동작동 국립묘지 현충원을 찾아"가 무후선열 제단 앞에 싸들고 간 김밥이라도 무릎 꿇어 진설하는 시인이기도 하다.

그물망은 물론, 미끼도 없이 뜰채로 잡아 올린 숭어를 바라보는 시인의 마음은 편안하지 않다. 너무 쉽게 취득한 행복과 대가 없이 누리는 안일을 돌아다보았고, 자신이 "지나온 길목마다 던져 보았던/ 그물에 대하여/ 달콤한 미끼"에 대해서도 생각하였다. 오늘의 행운에 열을 올리는 일행들 가운데서 문득 세상은 기회와 함정의 연속이라는 것을 깨닫기도 한다.

그러나 아무리 그물망과 미끼가 있고 우수영병사의 전의가 투철했을지라도 "잠영하여 멀리 떠나간 눈 밝은/ 숭어"도 있었음을 아쉬워한다.

거기 대하여 일행들은 더 이상 담론을 이어가지 않고 "입을 열지 못했다"고 말끝을 흐린다. 그 침묵의 의미는 무엇일까? 아직도 해결하지 못하고 불씨로 남아있는 난제들을 염려하는 침묵인가. 말미의 "강강수월래, 강강수월래/ 발맞추는 합창 소리가 아득하였다"는 시구도 장하지가 눌러 재우고 있는 잠재적 의미를 생각하게 한다.

부녀자들이 달 밝은 밤에 즐기던 원무 형태의 강강수월래. 그 발생 근원에 대해서 여러 학설이 있지만 임진왜란 때 이순신 장군이 군사놀이로 창안했다는('강한 오랑캐가 물을 건너온다'는 뜻)설도 그중의 하나다. 그러나 단순한 민속놀이일 수도 있다. 그 배후의 의미까지 파헤치려는 것도 장하지의 시에서만 가능할 뿐, 시를 감상하는 사람으로서 온당한 일은 아닐 것이다.

5. 뜨겁게 만난 우리

내게 장하지 시의 특성을 함축하고 있는 시로서 마음에 드는 시 한 편을 고르라고 한다면 나는 망설이지 않고 「나뭇잎 우산」을 선정하겠다. 이 시는 시로서의 형식도 완벽하고 비유와 상징도 훌륭하다.

놀이터에서 비를 만난 아이가
제 손바닥만 한
나뭇잎을 들고 젖어서 왔다
'버리지 말아요
나와 함께 젖은 우산이에요'

비 사이로 가자며 우산도 없이

흠뻑 젖어서 비탈길을 오르던 우리
'너를 위해 살겠어'
빗물에 젖은 만큼 내 안에 출렁이던 너
푸르른 그날에 젖어보는 하루

―「나뭇잎 우산」 전문

1연에서는 놀이터에서 놀다가 비를 만난 아이가 제 손바닥 크기의 나무 잎사귀를 우산처럼 들고 젖어서 왔다. "버리지 말아요./ 나와 함께 젖은 우산이에요." 이 말의 울림이 놀랍도록 큰 것은 아이의 말이기 때문만은 아니다.

2연에서 자신이 비를 맞고 살던 날로 돌아갈 수 있는 것도 그 울림의 에너지가 등을 밀듯 데리고 간 것이라고 해석할 수 있다. 그랬지. 몰아닥치는 어떤 고난도 함께 극복하며 살자고, 변변한 대책도 없이("비 사이로 가자며 우산도 없이") 허덕이며 헤쳐오던 우리였지("흠뻑 젖어서 비탈길을 오르던 우리") 살아가면서 고통과 절망도 있었지만 그 고통과 절망만큼("빗물에 젖은 만큼") 너는 더욱더 내 안에 살아 출렁이고, "너를 위해 살겠어" 너는 내게 다짐하게 하였었다.

'나와 함께 고생한 사람이에요' '나를 위해 수십 년을 기다려온 사람이에요' '버리지 않을 거예요' '나와 함께 온갖 풍상에 젖어온 사람이니까요'. 이런 말보다도 시맥상에 놓인 말들이 몇 배나 더 강한 파장으로 가슴을 울린다.

빗줄기에도 아랑곳하지 않고 비탈길을 오르던 그 날들은 푸르른 날들이었다고 화자는 회상한다. "푸르른 그날에 젖어보는 하루"와 하루가 모여서 우리들의 일생이 된다는 것을 시적 화자도 물론 알고 있을 것이다.

기름을 두른 냄비에 불을 지피고
당근과 토마토를 익히기로 했다
잠잠하던 냄비 속이 티격태격하였다

삶의 열기 속으로 뛰어들어
뜨겁게 만난 우리가 그랬을까
농익어가는 당근과 토마토처럼
밀고 당기다가 상처에 스며들어
서로서로를 받아들였을까
새로운 이름을 얻기까지
물과 기름 같았던 우리도 그렇게

－「뜨겁게 만난 우리」 전문

"물과 기름 같았던" 우리는 화합하기 어려운 사이였다. 그렇다는 것을 알면서도 우리는 "삶의 열기 속으로 뛰어들어 뜨겁게" 만났다. 새로운 이름으로 서로가 서로를 받아들이기로 한 것이다. 세상은 뜨거운 열기로 차게 되고, 그 속에서 얼마 동안은 티격태격하겠지만 그러는 사이에 농익게 되리라는 사실을 미리 알았던 것은 아니다. 그러나 "밀고 당기다가 상처에 스며들어/ 서로서로를 받아들"인 우리들. 세상 사람들은 대체로 그렇게 산다.

"물과 기름"이라는 것을 알면서도 뛰어든 것은 모험이 아니라 창조일 것이며 개척일 것이다. 세상의 일들은 도전으로 전개되고 도전이 있으므로 발전한다. 시인은 삶의 도처에서 그리고 수시로 사물과 뜨겁게 만나지 않으면 안 된다.

장하지 시인에게는 남다른 에너지가 있다. 우선은 11남매의 대가족과 그보다 더 많이 거느렸다는 식솔 속에서 자연스럽게 육성된 에너지일 것이다. 그리고 출가하여 시모를 모시고 살아온 생활 또한 그를 남들보다 강인하게 단련시켰을 것이며, 다섯 딸을 훌륭한 인물로 키워내면서 스스로 발견한 어머니로서의 에너지도 남다를 것이다.

장하지 시인!

얼마나 다행스러운 일인가. '인생의 재발견'인 문학을 만난 것은. 만나서 문학과 함께 삶을 이끌어갈 수 있는 것은. 얼마나 큰 기쁨인가, 우주에 미만해 있는 사물과 교감하면서 자칫 간과될 수도 있는 자아의 존재의미를 새롭게 발견하게 된 것은.

그대는 오늘을 마음껏 자축해도 좋을 것이다.

그동안 꽃피운 문학을 축하하며 두 번째 시집 『나뭇잎 우산』의 출간을 진심으로 축하한다. 그리고 더욱 빛나는 내일을 믿으며 기도한다.